Chill Out
architecture
& interiors

休闲场所
建筑和室内设计

LOFT Publications

陕西师范大学出版社

ZITO 迷你建筑设计丛书

这套丛书对近期出现的优秀建筑作品作了一次全面的总结。它将现代流行的商用及居住空间分为10个大类，在结合各类空间特性的基础上，对每一设计详加评述和分析。该丛书不仅涉猎甚广，更真实反映了国际流行的设计思潮，展现了最具诱惑力的设计语言。

1. 休闲场所－建筑和室内设计
2. 酒吧－建筑和室内设计
3. 餐厅－建筑和室内设计
4. 咖啡厅－建筑和室内设计
5. 住宅设计
6. 阁楼
7. 极简主义建筑
8. 办公室
9. 水滨别墅
10. 小型住宅

Chill Out

architecture
& interiors

休闲场所

建筑和室内设计

∴ 罗马晚餐俱乐部/Supperclub Rome

➡ 罗马不仅是古代西方文明的首都,同时还是东方、地中海和北欧文化的交融汇聚之地。由这座古都得到的设计灵感,使酒吧被置身于罗马一栋15世纪的公共浴室之内。古典的元素和现代家具在酒吧中融为一体。酒吧的入口离万神殿不远,简洁朴素,一直通向巴洛克式的娱乐厅,非常适合欢乐的聚会。客人沿途经过的小房间全都以丰富的色彩和各种织物加以装饰。

➡ **设计:** 混凝土建筑协会　　　　　　➡ **摄影:** © 混凝土建筑协会
　　　Concrete Architectural Associates　　　　Concrete Architectural Associates

➡ **地点:** 意大利 罗马 瓦阿德纳里 (Via De'Nari) 14 号

　　　　照明色彩的变化在单一空间内生成各种
不同的氛围。

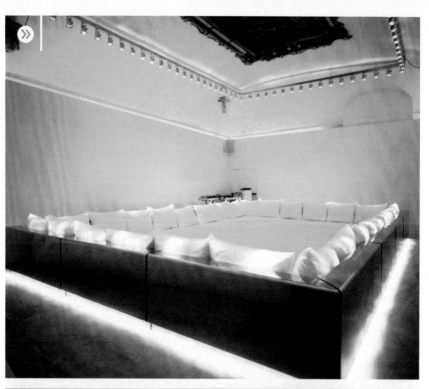

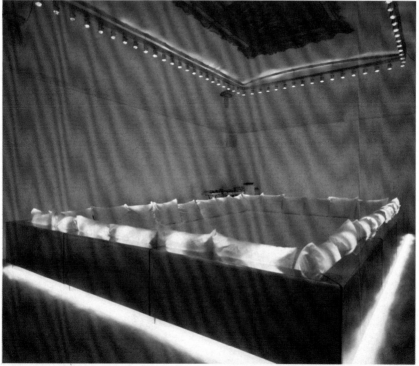

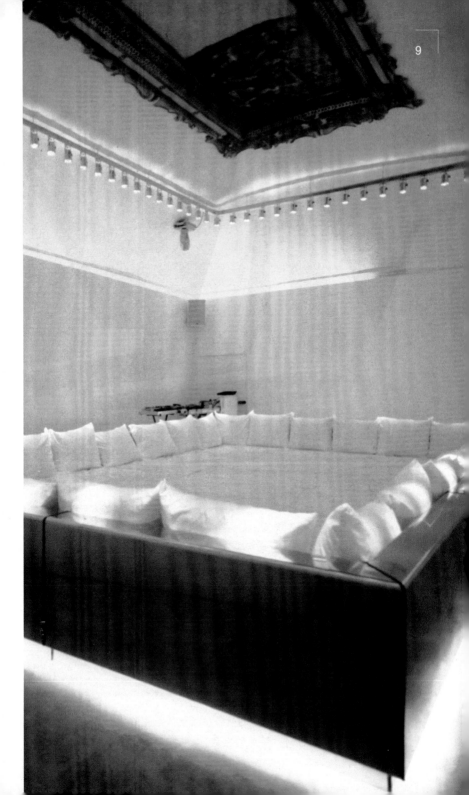

⁝ 妮基海滩休闲区/Nikki Beach

➡ 这个位于美国迈阿密海滩的酒吧由自然环境中一组锥形帐篷、床、长沙发和靠枕组成。低矮的植物形成隐秘的空间，隔开了附近城市的嘈杂。离酒吧几步之遥的海滩和大海为这里增添了不少诱人之处，吸引我们远离城市的快节奏生活。设计中使用的自然材料（如木材和浅色织物）使这里与周围环境完全融为一体。

➡ **设计:** 斯蒂芬·杜帕克斯
Stephane Dupoux

➡ **摄影:** ©派珀·埃斯科达
Pep Escoda

➡ **地点:** 美国 佛罗里达州 迈阿密 海洋大道 Ocean Drive

附近稠密、低矮的热带植物使这个室外空间充满了亲切、温馨的感觉。

⫶ 市政厅休闲楼顶/Townhouse Rooftop

➲ 　颇受欢迎的南方海滩旅店的休闲屋顶，是这座城市最迷人的风景之一。同环境融为一体的外形和色彩创造出令人颇感陌生的原始风光。这是个完全开放的空间，红色是这里的主导，圆桌、沙发和阳伞都采用了这种颜色，与白色木质地板及蓝色天空相互映衬。床和沙发都铺着充水软垫。在这亦城亦海的美景当中，时光自然变得非常美好。

➲ **设计:** 印地亚·马哈达威　　　　　　　➲ **摄影:** © 派珀·埃斯科达
　　　　India Mahdavi　　　　　　　　　　　　　Pep Escoda

➲ **地点:** 美国 佛罗里达州 迈阿密海滩 第 20 大街 150 号

不同陈设的材料和颜色的重复使用形成统一、平衡的风格。

⁝ 游牧民餐厅/Nomads

➡ 餐厅的设计创意来自于阿姆斯特丹市中心一处仍留有阿拉伯游牧传统的古老空间。客人在这里既可以欣赏DJ表演，又可以享用中东风味的美食。深色系及昏暗的灯光设计都得自于东方文化所具有的神秘感。低矮的平台上铺着埃及式地毯。这一切构成了亲密、轻松的氛围。

➡ **设计:** 混凝土建筑协会
Concrete Architectural Associates

➡ **摄影:** © 混凝土建筑协会
Concrete Architectural Associates

➡ **地点:** 荷兰 阿姆斯特丹 罗森哥拉赫特 (Rozengracht) 133 号

光线投射在从天花板垂下的精美织物上，创造出极为神秘的效果。

⁝ 孟菲斯之东餐厅/Memphis—East

➡ 　重建这家饭店时，第一步的工作是清除多年来墙体上的各种涂层，这里曾是芬兰的老工业城市坦佩雷中一家银行的前厅，因此在这里可以找到极具装饰价值的石灰华大理石墙壁和棕色墙灯，这些经典的建筑材料，以及一些现代元素（如抛光的混凝土，明亮的紫红色不锈钢柱），形成了不同的空间外观，就功能而言，餐厅、休息室和酒吧都有独特的个性，休息室与餐厅前方的外部空间相连，兼具古典和现代特色，室内的家具，如矮沙发，色彩艳丽的垫子和丰富的纹理，创造出一种与城市生活紧密相关的轻松氛围。

➡ 　设计：M41LZH 工作室　　　　　　　　➡ 　摄影：© 马蒂·匹克 Matti Pyykko

➡ 　地点：芬兰 坦佩雷 Tampere

　　　　　饭店的设计采用了简练的元素和造型，色彩的使用极为丰富，但多处于相近色系之中。

⁝ 床餐吧 / Bed

➡ 餐吧"床"的设计原则是：创造一个私密的空间，宣扬享乐主义文化。它为客人提供了一个豪华、愉悦的环境，提供音乐、娱乐和一流的美食。餐吧在美国迈阿密市内，最多可容纳150人，床设置在较高的平台上，可根据活动的不同调整尺寸，可以容纳90人进行隐秘的会谈。半透明的白色帘幕将整个区域分开，使其中每一个空间都显得更加隐蔽，除了餐吧中央的3张床以外，所有的床都面向墙壁，各种投影图象充斥在餐吧中央，给人以源源不断的活力。这里有着名DJ可以用到的最先进的音响技术，还举行现场演出。

➡ 设计：奥立弗·霍伊斯与帕斯卡尔·霍伊斯　　➡ 摄影：ⓒ 派珀·埃斯科达
　　　　Oliver & Pascual Hoyos　　　　　　　　　Pep Escoda

➡ 地点：美国　佛罗里达州　迈阿密海滩　华盛顿大街929号

巨大的床充满了整个空间，是这间餐吧的惟一装饰。

⁙ 床·晚餐俱乐部/Bed Supperclub

➔ 这座餐吧位于泰国曼谷最拥挤、喧闹的一个地区，以其不同凡响的风格、外观和建筑材料成为一个全新的休闲场所，它具有一种虚无飘渺之感；沐浴在阳光下的白色椭圆形空间，以及两侧巨大的玻璃外墙上反射的暗影，使建筑外观产生变化。这栋建筑很小，几乎全部采用钢结构，而钢对于这座城市而言还是一种全新的建筑材料，餐吧因此成为这座城市的象征。餐吧内部为一尘不染的白色，与外部拥挤的人群和混乱的街区形成鲜明对比。在这里，人们感到轻松、惬意。室内设计和家具都采用柔和的线条，同建筑整体的曲线完全相符。访客可以坐在墙边的沙发上用餐、喝酒，欣赏DJ的节目以及艺术品，也可以跟其他人坐在一起聊天。

➔ **设计**：轨道设计工作室　　　　　　　➔ **摄影**：© 克里斯蒂安·里克特斯
　　　　　Orbit Design　　　　　　　　　　　　　　Chistian Richters

➔ **地点**：泰国 曼谷

　　　　不同凡响的外观和餐吧的构想使它成为曼谷的象征。

⠇ 烤炉餐吧 /Oven

➡️ 这座餐吧位于巴塞罗那的一个工业老区，特点是其内部空间的灵活和多功能性。餐吧的原型是一个老旧的工业仓库，现在是一个与露台、餐厅、酒吧相连的沙龙，提供宽敞的沙发供游客休息。吊顶、地毯以及家具采用红色为主色调，形成餐吧独特的特色。异丁丙烯酸脂材料制作的球形灯非常引人注意，以其庞大的体积和丰富多样的色彩营造出独特的氛围。常驻或客串DJ 的表演、艺术展览或者现场表演经常在这里举行。

➡️ **建筑设计:** 160BIS 建筑工作室   ➡️ **摄影:** © 尤金妮·庞斯 Eugeni Pons
➡️ **室内设计:** 160BIS ＋安东尼·奥罗拉 Antoni Arola

➡️ **地点:** 西班牙 巴塞罗那 拉蒙·图罗 (Ramón Turró) 126 号

40   休闲区，以天花板和地毯的红色为特征，
两端分别通往餐厅和梯形平台。

⠆ 边缘俱乐部 /D'Edge

➡ 在首都，提供电子乐、梦幻装饰和光影效果的俱乐部通常并不少见。但对于巴西的大坎普市来说，边缘俱乐部是具有革命意义的新景观，设计者模仿电子乐的神韵，创造出一个复杂的多功能空间，每个角落都有其独特的感觉。强烈、鲜艳的色彩以及曲线的轮廓构成了俱乐部的主体形象，与原结构中刚性的构件形成强烈对比。

➡ **设计：**姆迪·伦道夫
　　　　Muti Randolph

➡ **摄影：**© 马赛罗·格里罗
　　　　Marcelo Grilo

➡ **地点：**巴西 大坎普市 Campo Grande

室内陈设及圆角图案的明亮色彩是这家具有电子化风格的俱乐部的主要特色。

⋮ 卡巴莱特餐吧/Cabaret

➔ 铺有软垫的餐台、衬垫和矮桌,为这一位于巴黎中心的餐吧创造出美好的氛围。低矮的天花板是一个特殊的设计元素。这样一个使人无法站直的高度却创造出亲密无间的感觉。整个空间内大部分都以白色装饰,昏暗的灯光使色彩上的细微变化极难辨认。

➔ 设计:贾克斯·加西亚
  Jaques Garcia

➔ 摄影:© 米哈尔·莫尔多威恩鲁
  Mihail Moldoveanu

➔ 地点:法国 巴黎 皇宫广场 Place du Palais Royal

∴ 弱音室临时展厅/Mute Room

➡ 建筑师把这个项目描述为"帮你听音乐"，这里所有元素的设计都是为了帮助人们更好的理解声音。这里是美国旧金山一个临时展厅的一部分，柔软的波浪型泡沫占据了整个空间，邀请着游人在上面舒展肢体。泡沫的曲线表面象征着喉的底部，是提高原音清晰度的扬声器。玫瑰色让人联想起能够增强人体机能的整形医学设备。

➡ **设计**：汤姆·法尔德斯 Thom Faulders   ➡ **摄影**：© 凯文·达克和浅褐设计工作组
　　　　浅褐设计工作组 Beige Design   Kevin Dwarka + Beige Design

➡ **地点**：美国 旧金山 临时展厅"听觉展览"
　　　　Temporary Exhibition，Listening Exhibition

室内，巨大的构件体积，使游客情不自禁地沉浸在这种形式的声浪之中。

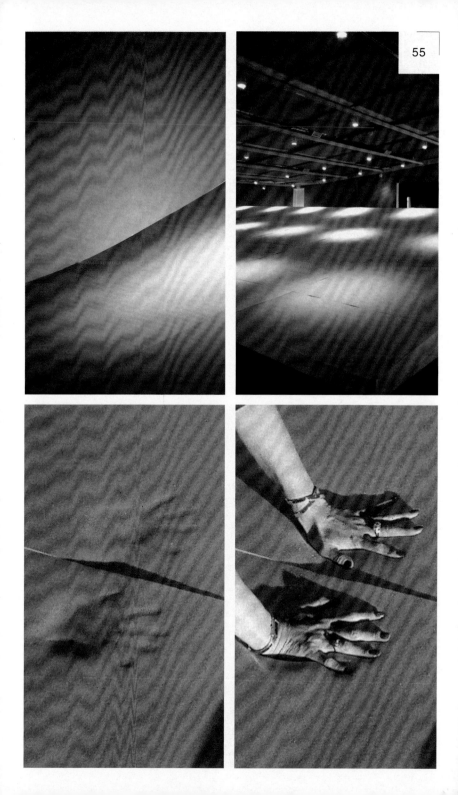

⋮ 合成器临时展厅 /Synth

➡️ 建筑师利奥·威拉里尔组织了这次在美国纽约白柱展览馆举行的展览。这个大型的充气空间探索了合成材料与有机材料之间的区别。虽然是通过计算机设计而成的，但每一个元素都显得极其生动、鲜活。由一些把玩音响和电子乐的艺术家创作的作品，成为这里的一部分装饰。这里是一个活跃的社交场所，游客将完全受到柔软线条、纹理以及艺术作品的吸引。

➡️ **设计：**利奥·威拉里尔 Leo Villareal、丹尼斯·蒂左托 Dennis Dizoto，埃里克·李弗丁 Eric Liftin (MESH)，托马斯·吉尔恩 Thomas Kearns (MESH)，彼得·柯皮茨 Peter Kopitz (MESH)

➡️ **多媒体：**亚历山德拉·罗斯 Alexander Ross，丹·特洛普 Dan Torop   ➡️ **摄影：**© 莉莉·王 Lily Wang

➡️ **地点：**美国，纽约，白柱展览馆 (White Columns)，临时展厅

室内陈设悄悄融入以柔和的纹理、投影和色彩，形成整体氛围的空间。

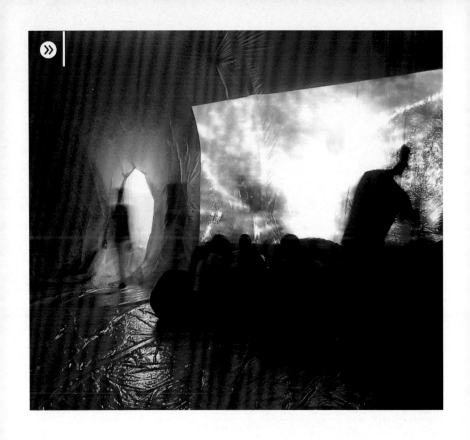

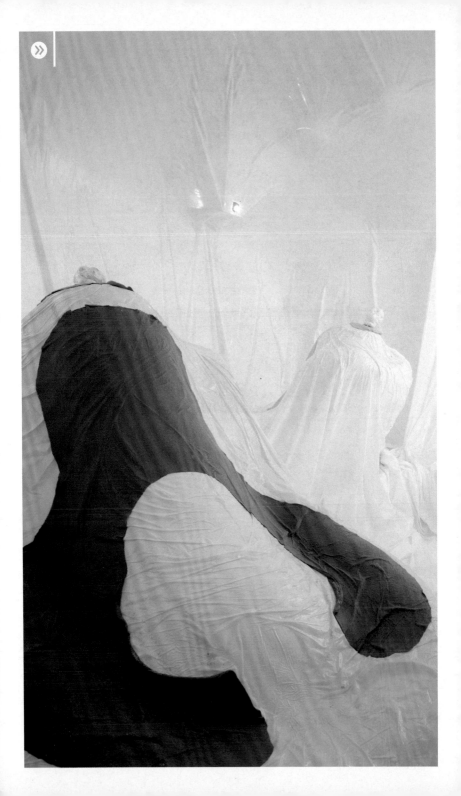

ZITO 双子座丛书

这套"双子座"建筑艺术丛书极其注重内容上的对比性，揭示了艺术领域中许多对立而又相互依托的有趣现象。它既讨论了建筑界各种设计风格之间的比较，也分析了建筑界与跨领域学科之间的联系与对比。它们全新的视角尤其值得注意，在著名建筑师与画家之间展开了别开生面的比较，以3个部分进行阐述，建筑师和画家各自生平简介以及主要作品的赏析各占一个部分，第三个部分则是对两位艺术家所创作的艺术形象及其艺术理念的比较。每册定价38元。

极繁主义建筑设计

极简主义建筑设计

瓦格纳与克里姆特

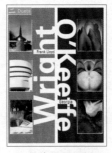

赖特与欧姬芙

米罗与塞尔特

达利与高迪

里特维尔德与蒙特利安

格罗皮乌斯与凯利